집에 있는데도 집에 가고 싶어

집에 있는데도 집에 가고 싶어

달팽이는 좋겠다 집이 가까워서

권라빈 에세이　정오 그림

STUDIO:ODR

저는 조각을 줍는 사람입니다. 조각의 크기와 모양, 색깔은 각각 다릅니다. 여러 조각들을 줍다 보면 잃어버리거나, 잊어버리거나 혹은 내게는 없는 조각도 있습니다. 어떤 조각은 마치 내가 알지 못하는 저 너머로부터 온 듯 내 몸과 마음에 꼭 맞기도 합니다. 어떤 조각은 향이 나기도 하고 웃음과 울음이 나는 조각도 있습니다.

저는 그 조각들을 기억이라 부릅니다. 그 조각들은 모여 순간을 만들고, 그 순간은 영원이 되기도 합니다. 당신에게 이 글이 잃어버린 기억을 찾거나, 잊어가는 기억을 더듬거나, 자기에게 없는 기억을 줍는 시간이 되었으면 합니다. 모쪼록 오래 머물러 좋은 향이 나는 조각으로요.

Chapter 1

그 누구보다
나의 행복이 가장 소중해

가끔은 사라지고 싶어

욕조에 온몸을 담가,

눈과 귀를 막고 물마개를 빼면

나도 이곳에서 물처럼 사라질까,

제발 사라지길 간절히 바라던 시절이 있었다.

우울을 벗어나는 나만의 방법

우울해지려 할 때면 우울에서 벗어나기 위해 따뜻한 물로 목욕을 한다. 그리곤 약간 덜 말린 머리 상태로 이불을 한 아름 안고 무인 세탁소로 향한다. 빨래가 끝날 때까지 빨래방 근처를 서성이며, 방금 씻어 개운한 몸으로 자연 바람을 두 팔 벌려 느낀다. 덜 말라서 아직 촉촉한 머리카락에 바람이 스치면 기분이 산뜻해진다.

어느새 건조까지 끝난 이불을 품에 안고 집으로 돌아가는 길엔 마음이 몽글몽글하다. 갓 건조가 끝난 빨래는 무척 따뜻하니까. 집에 돌아와 이불을 품에 안고 실컷 뒹굴거린다. 그럼 따뜻한 이불의 온기가 내게도 번져와 나른해져온다. 내 행복은 이처럼 사소하다. 꿉꿉했던 마음도, 무거웠던 몸도, 눅눅했던 이불도 어느새 좋은 향을 풍기며 보송보송 잘 말랐다. 그 따뜻함을 가득 안고 잠이 든다.

＊
＊

몽글몽글,

보송보송,

뒹굴뒹굴.

이토록 사소한 내 행복.

마음껏 행복할 수 있는 날이 내게도 올까

너무 행복하면 마음의 병이 생긴다.
행복이 가물었던 삶이어서 비처럼 눈처럼 행복이 내려도
마음껏 누리지 못하고 잃어버릴 생각부터 한다.

그냥 행복해도 되는데, 그래도 괜찮은데.
언젠가는, 언젠간 내 발아래 행복들이 가득 깔려 쌓이면,
그때쯤이면 마음껏 행복해도 되는 날이
내게도 오지 않을까.
행복해도 불안해하지 않아도 되는 날.
그냥 행복하기만 한 날.

너는 내게 내일이었어

강아지를 키웠었다. 금이야 옥이야 하며 소중하게 아끼던 네가 한겨울에 집에서 혼자 추울까 봐 보일러를 틀어놓고 출근하곤 했다. 그날은 무척 힘든 날이었다. 이리 치이고 저리 치여서 마음에 여유가 하나도 없던 날. 온몸은 꽁꽁 언 채 발걸음은 터덜터덜. 찬 기운을 가득 몰고 집에 들어가 털썩 주저앉으니 너는 얼른 내게 다가와 안겼다.

따뜻해서 한참을 너를 안고 있다, 문득 깨달았다. 바닥이 차갑다는 걸. 보일러가 고장 나서 내가 없는 동안 네 시간도 차가웠다는 걸. 그런 줄도 모르고 나마저도 밖에서 찬 기운을 몰고 왔구나. 그게 왜 그렇게 울컥하던지. 힘든 하루를 보내서였는지, 네가 너무 따뜻해서였는지, 네가 혼자 추웠을 거란 생각 때문이었는지 너를 안고 하염없이 울었다.

한자리에서 나를 계속 기다린 것도 모자라, 내게 온기를 나눠주던 네가 내겐 큰 위로였다. 춥지는 않았냐고, 바보같이 같은 자리에서 나를 기다렸냐는 속상한 나의 물음에도 너는 그저 내게 안겨 눈물을 핥았다. 그런 너는 내게 내일이었다. 심각한 우울증에 언제 죽어도 이상하지 않을 나였는데. 세상에 있는 희망과 긍정의 수식어는 모두 너였다. 네가 나를 구했다.

집에 있는데도 집에 가고 싶어

새로운 환경에 이질감이 들고 낯선 상황 앞에서 혼란스러운 감정과 두려움을 느끼면 사람은 본능적으로 가장 아늑하고 친숙한 집을 찾는다. 달팽이가 자신을 방어하기 위해 등딱지에 집을 이고 사는 것처럼. 늘 나를 안아주는 따뜻한 사람과 공간이 누구에게나 필요하다.

처음으로 자취와 사회생활을 시작했을 무렵엔 매번 새로운 문제에 부닥쳤다. 도시가스를 신청하는 방법조차 몰라 허둥지둥했고, 회사생활도 순탄치만은 않았다. 이렇게 매 순간 새롭고 낯선 세계를 접할 때면 이 모든 것들을 다 뒤로하고 집에 가고 싶다는 생각을 한다. 내게 가장 친숙한 사람과 그 사람이 있는 집. 그곳이 진짜 내 집이라서, 집에 있는데도 집에 가고 싶다는 말이 나온다.

그렇게 어른의 삶을 살다 보면 가족과 함께 한집에서 생활했을 때가 얼마나 소중한지 깨닫게 된다. '용돈 받으며 학교 다닐 때가 가장 좋은 때'라는 말이 이제는 무슨 뜻인지 알 것 같다. 그때는 어른이 되면 뭐든지 내 마음대로 할 수 있을 것만 같았는데.

＊

"달팽이는 좋겠다.

　집이 가까워서."

좋아하는 것들이 많아졌으면 좋겠어

간밤에 겨울비가 내렸다. 타닥타닥 소리 나는 것들을 좋아한다. 비가 벽이나 바닥, 창문에 부딪혀 나는 소리, 키보드로 글을 써내려갈 때 나는 소리, 그리고 모닥불을 피울 때 장작이 타는 소리.

우는 날이 많던 내게, 친구가 그런 말을 한 적이 있었다. "네 슬픔이 다 씻겨 내려가라고 비가 내리는 거야." 언젠가부터 비가 내리면, 창문에 빗방울이 부딪히는 소리에 몽글몽글한 기분으로 스르르 잠이 들었고, 내가 키보드로 타닥타닥 써내려가는 글들이 누군가에겐 위로로, 누군가에겐 설렘으로, 그리고 또 누군가에겐 공감으로 다가갈 수 있기에 끝없이 써내려갈 수 있었다. 또 타닥타닥 소리를 내며 타오르는 모닥불을 가만히 보고 있노라면 일렁이던 걱정들도 다 타버리는 것 같아 마음이 편안해진다.

앞으로도 이렇게 좋아하는 소리가, 그 이유가 늘어났으면 좋겠다. 세상이 내가 좋아하는 것들로만 가득 차도록.

이불을 가득 안아도 채워지지 않는

혼자 있고 싶은데 혼자 있고 싶지 않다. 이 외로움은 너무 커서, 마치 바다 한가운데 덩그러니 놓인 침대 위에 홀로 누워 있는 것 같다. 이불을 가득 안아도 시린 바람을 피할 수 없는 어느 푸르스름한 새벽녘. 그곳에 내가 있다. 여기에 내가 있어요. 누구든 좋으니 나를 이곳에서 꺼내주세요. 곧 나는 저 아래로 가라앉을 거예요. 더 깊은 심해로 가서 영영 돌아올 수 없기 전에 나를 구해주세요. 제발, 내 손을 잡아주세요. 끝나지 않는 이 새벽에서 나를 꺼내주세요.

*

"어느 푸르스름한 새벽녘,

그곳에 내가 있다."

당신은 내게 상처 줄 자격이 없다

당신이 던진 돌멩이 하나에 간신히 잦아든 마음이 다시 일렁인다. 우뚝 서고 싶은데 자꾸 휘청인다. 돌멩이로 맞은 곳이 쓰라리다. 눈을 감고만 싶다. 며칠 밤을 뜬눈으로 지새우며 내내 우울함 속을 걸었다. 당신은 무심코 던졌겠지. 내가 받을 상처 따위 아무 상관 없었겠지. 당신에게 생각을 말할 자유는 있을지 몰라도, 그 말로 내 마음에 상처 줄 자유는 없다. 모두에게 사랑받을 수 없다는 걸 알지만, 그렇다고 굳이 돌멩이를 맞고만 있을 필요도 없다. 당신은 내게 상처 줄 자격이 없다.

그건 조언이나 충고가 아니야

공감 능력은 지능의 한 부분에 포함된다. 타인의 슬픔을 보고 헛소리를 하는 사람을 보고 있노라면 분노가 치밀어 오른다. 왜 꼭 거기서 그런 말을 할까. 본인 일이라 해도 그렇게 말할 수 있다. 타인의 상처를 후벼 파는 말은 결코 조언이나 충고가 될 수 없다. 악의가 없었다고 하지만 듣는 사람은 그렇게 느끼지 않는다. 그런 사람을 볼 때면 한마디 하고 싶다.

"염병 떨고 있네!"

나의 힘듦을 타인과 비교하지 마세요

모두가 각자의 짐을 안고 있지만, 어디 남 힘든 게 자기 힘든 거랑 같나요. 내가 힘든 게 가장 힘든 거지. 누구에게는 어떤 일이 그저 먼지의 무게처럼 가볍게 느껴질지 몰라도 나에겐 우주만큼이나 큰 문제로 느껴질 수 있습니다. 그런 일에도 당연히 아프고 힘들 수 있습니다. 나의 힘듦을 타인과 비교하지 마세요. '내가 별거 아닌 일로 이렇게 힘들어 하나?'라는 생각이 오히려 나를 더 괴롭게 만들 거예요.

저는 노크 소리를 무서워합니다. 누군가에게는 대수롭지 않은 일이겠지만 저는 노크 소리를 들으면 심장이 멎은 듯 쿵 내려앉고 과호흡이 와요. 그래서 배달을 시키더라도 '노크 금지'라 적어놓고 올 때쯤 마중을 나가요. 번거롭지만 노크 소리를 듣는 게 더 힘들기에 그런 불편함을 감수합니다. 저를 이렇게 만든 과거의 일이 원망스럽지만 내가 당장 힘든데 어떻게 할 수가 없잖아요.

그러니 괜찮습니다, 괜찮아요. 남보다 더 힘들고 덜 힘들고 그런 거 없어요. 충분히 괴로우실 만해요. 저는 당신의 힘듦을 충분히 이해해요.

그 말은 침묵보다 나아야 한다

조울증을 앓던 나는 들뜬 상태에서 급격하게 우울해지는
순간이 찾아올 때마다 숨이 막혀왔다. 이런 내 이야기를
들은 사람들의 반응은 한결같았다.

"겨우 그거 가지고? 나는 그것보다 더한 것들을 버텼어.
정신 차려. 그렇게 멘탈이 약해서야 어떻게 살아가려고 그
래?"

그들에게 조언이나 충고를 바란 것이 아니었다. 위로를 바
란 것은 더더욱 아니었다. 단지 나는 대화할 사람이 필요
했다. 그뿐이었다.

의문이 들었다. 더 특별한 이유나 엄청난 사연이 있어야만
마음껏 슬퍼할 수 있는 걸까. 내 아픔에 타인의 잣대를 대

어 그 크기를 잘라내야만 하는 걸까. 매 순간 숨이 막혀오는 나를, 나는 어떻게 해야 할까.

그 정도는 버티라는 말. 별거 아닌 일에 유난스럽다는 말. 이미 생채기 난 마음에 잔뜩 각진 소금이 쏟아진다.

＊

"더 특별한 이유나 엄청난 사연이 있어야만

마음껏 슬퍼할 수 있는 걸까?"

넘지 말아야 할 선은 어디에나 있다

나는 늘 불안해. 벗어날 때도 됐는데 벗어나지 못해. 어쩌면 이젠 그냥, 벗어나면 안 되는 게 맞는 건지도 몰라. 어디 하나 온전히 안정감 있게 다 터놓을 곳조차도, 나는 없어. 털어놓는다 한들 지난 상처 때문에, 트라우마 때문에 나의 비밀이 가장 큰 약점으로 눈덩이처럼 불어나 나를 숨 막히게 할까 두려워.

피해자 코스프레가 아니라 너는 기억조차도 못하는 일들이 나는 매일 생각나. 나를 아프게 했던 말과 행동들, 그리고 그 순간들. 그래, 내게 용서를 빌며 너는 울었지. 미안하다고, 철이 없었다고, 용서해달라고. 네가 겪게 될 아픔을 몰랐다고, 이제야 그렇게 말했던 것이 뼈저리게 후회된다고.

아무리 싸워도 하지 말아야 할 말은 안 했어야지.

아무리 미워도 넘지 말아야 할 선은 지켰어야지.

상처 준 너는 기억도 못 하는데, 나는 왜 혼자 다 끌어안고 힘들어할까? 어쩌다 여기까지 왔을까? 오랜 시간이 지난 일인데도 나는 왜 벗어나지 못할까? 나는 왜 아직도 그때 그 시간에 멈춰서 하나도 괜찮지 않은데 애써 괜찮다고 말할까.

칼같이 잘라내고 싶은데 그러지 못하는 건 좋았을 때의 추억을 아직 간직하고 있어서인지도 모르겠다. 진실은 추억이 아니라 추악인데. 상처를 주는 것보다 받는 걸 두려워하는 네 덕분에 나는 아직도 쓰린 밤이다. 너도, 나도 누군가에겐 잊지 못할 가해자일 테니까.

"칼같이 잘라내고 싶은데
그러지 못하는 건 좋았을 때의 추억을
아직 간직하고 있어서인지도 모르겠다."

스트레스를 푸는 나만의 방법

스트레스를 푸는 나만의 방법 중 하나는
비가 많이 오는 여름날, 학교 운동장에서
우산 없이 비를 맘껏 맞는 것이다.

맨발로 자유롭게 춤을 추다가 힘이 빠지면
운동장 한가운데 누워 비를 맞는다.
우산을 쓰고 지나가는 이들이 바보 같다고 느껴지면
그 순간, 나는 진짜 살아 있음을 느낀다.

빗속에서 맨발로 거닐며
젖는 옷 따위, 타인의 시선 따위,
그 어떤 것도 신경 쓰지 않아도 되는
그 순간의 자유로움은
나를 비로소 나일 수 있게 한다.

사라진 것이 아니었음을

문득 울고 싶은 마음이 들었다.
적힌 글에 고스란히 담긴 감정들이
내게 해일처럼 떠밀려왔다.

그동안 내가 만들어둔 모래성이 사라질까,
모래성 앞을 막아도 보고 땅굴을 파놓기도 했다.

밤잠을 설치며 전전긍긍하던 시간들이 무색하게
모래성은 한순간에 무너져버렸다.
설마 했는데 진짜 해일이었다.

모든 걸 휩쓸어 가놓고 언제 그랬냐는 듯,
바다는 고요했다.
덩그러니 남아 멍하니 바다를 보고 있자니,

허무하면서도 속이 시원했다.

결국 모래일 뿐이니 미련 두지 말라는 것인지.
이까짓 게 뭐라고 아득바득 움켜쥐고 있었는지.

다 무너져 내리니 알 수 있었다.
처음부터 나는
알맹이 없는 텅 빈 것을 쥐고 있었구나.

'아아, 내가 그랬구나.'

왜인지 마음이 편안해진다.
점점 어둑해지는 밤이 쌀쌀함을 데리고 왔다.
이제 그만 가야지 하며 자리를 털고 일어나다가
손바닥에 남아 있는 반짝임을 발견한다.

울컥, 저 깊은 곳으로부터
뜨거운 것이 순식간에 올라온다.
순간 나는 울고 싶어졌다.

도망치는 당신에게

우연히 지나가다 누군가가 남긴 글을 보았다. "도망가도 괜찮습니다. 당신의 도망을 응원해요." 그 글을 읽는 순간 배꼽 아래 단전부터 올라오는 설움이 자기를 내보내달라 소리쳤다. 나 역시도 도망 중이다. 여전히 후회하지만 그럼에도 행복하다. 인생을 살다 보면 후회는 늘 남기 마련이니 나는 조금이라도 덜 후회하기 위해 도망쳤다. 살고 싶었다. 살아야만 했다. 숨을 내뱉어야만 했다. 두고 온 많은 것들에 대한 후회로 가슴 치며 우는 날이 올지라도 선택해야만 했다. 더 단단해져서 돌아가 내 삶을 다 끌어안을 수 있을 때까지는 지금처럼 도망치고 싶다. 언젠가는 이 도망을 끝낼 것이다. 그러니 당신도 괜찮다. 우리는 괜찮다. 도망쳐도 괜찮다. 나와 당신의 도망을 응원한다. 이 도망을 끝낼 수 있을 때쯤, 그때 돌아가도 괜찮다. 내내 간직할 그리움은 접어두고 다 되었다 할 때쯤, 그때 돌아가자.

이 도망을
끝낼 수 있을 때쯤,
그때 돌아가자.

내가 세상에 태어나던 날 아빠는 산모와 아이 중 선택하라
는 말을 의사에게 들었다고 한다. 그러지 않으면 둘 다 목
숨이 위험하다고. 아빠가 살면서 해왔던 수많은 선택 중에
가장 어려웠다고 했다. 다행히 한쪽을 포기해야 하는 순간
은 면했지만 나는 태어나고 일주일 동안 인큐베이터에 있
어야 했다. 갓 태어난 딸을 품에 안지도 못한 채로 하루에
10분, 나를 보는 그 시간이 가장 큰 행복이었다고 하셨다.

유독 힘든 날이면 아빠가 떠오른다. 힘든 일들이 닥쳐와
내딛는 발걸음마다 무거워도 집에 들어가기 전에는 표정
과 목소리를 가다듬고는 했다. 아빠를 걱정시키기가 싫어
서였다. 그렇게 애를 써도 아빠 얼굴을 보면 반사적으로
눈물이 주룩 흘렀다. 왜 그러느냐는 아빠의 말에 갑자기
눈에 먼지가 들어갔다며 괜히 빨간 눈을 비비면, 다음 날

에 아빠는 꼭 내가 좋아하는 무언가를 사 오시거나 아빠랑 술친구 하자며 술잔을 내미셨다. 그 사랑을 알기에 유난히 힘든 오늘 같은 날이면 아빠를 보러 가고 싶다.

언제 사라질지 모르는 내 자리에, 발버둥 치지 않으면 가라앉을 외딴섬에 자꾸 물이 차올라 나를 숨 막히게 한다. "아빠랑 술친구 해줘."라는 말이 오늘따라 왜 이렇게 듣고 싶은지. 이렇게 살고 싶었던 건 아닌데, 내가 원하는 건 이게 아닌데. 길도, 방향도 잃은 채 망망대해를 떠도는 것 같다. 내 목소리마저 앗아가 돌아오지 않는 메아리는 고요 속에 나를 서서히 잠식하게 만든다.

아빠가 보고 싶다.

Chapter 2

고단한 삶을 고스란히
맞고 있는 당신을 위해

더하기 침대에 누워
핸드폰을 만지는 시간

여유는 작은 틈이다.

침대에 누워 공상에 빠지는 시간,

사랑하는 이를 만나는 시간,

일과를 마치고 맛있는 음식에

술 한잔을 곁들이는 순간도 모두 여유이다.

그 작은 틈은 내 마음가짐에 따라

커질 수도 작아질 수도 있다.

그럴 여유가 없다고 내뱉는 말은

그 틈이 꼭 커야만 한다는 나의 강박은 아닐까.

소원

나는 제발, 내가 행복했으면 좋겠어.

사랑하는 이들의 행복도 바라지만,

나는 내가 제일 행복했으면 좋겠어.

크리스마스가 오지 않았으면 좋겠어

크리스마스가 오지 않길 바라던 때가 있었다. 잔뜩 기대한 만큼 돌아오는 실망이, 어린 내가 감당하기엔 너무 컸다. 학교에서 친구들이 이것저것 선물을 받았다고 자랑할 때 나는 선물을 받았다고 거짓말을 할 수도, 그렇다고 거짓말을 안 할 수도 없었다.

어느 날, 꿈을 꿨다. 크리스마스트리의 뿌리가 수많은 아이들이었던 꿈. 지상 위 크리스마스트리 아래에는 하하 호호 웃으며 행복한 시간을 보내는 사람들이 있었다. 그 트리 밑 땅속의 뿌리에는 꿈과 희망, 그리고 기대가 다 무너진 채로 한데 모여 있는 아이들이 있었다. 한 명, 한 명 눈감은 아이들의 얼굴은 모든 걸 체념한 듯한 표정을 한 채 서로 얽혀 크리스마스트리의 뿌리가 되어 있었다. 행복한 바깥세상과는 달리 땅속의 아이들은 매년 늘어나는데 아무도 트리 밑의 아이들에게는 관심이 없었다. 사람들은 자신들만의 행복을 누리기에 바빴다. 점점 늘어나는 소외된 아이들. 땅속 어딘가에 묻혀 있을 어린 날의 꿈과 희망이 자꾸 눈에 밟혔다.

꿈에서 깨어난 나는 지독하게 밀려오는 과거의 기억에 숨이 막혀 한참 동안 괴로웠다. 크리스마스는 특별한 날이었고 행복하게 보내야 하는 날이었다. 어떤 선물을 받을까 설레하고 기뻐하는 날이었다. 하지만 그날의 행복은 내 몫이 아니었다. 선물을 받지 못한 많은 아이들이 유난히도 서글펐던 건 그래서였을 것이다. 모두가 행복한데 나만 동떨어져서 불행한 날이었으니까.

하지만 그날의 행복은
내 몫이 아니었어.

후회는 늘 남는다, 덜 후회하느냐 더 후회느냐 그 차이일 뿐

고등학생 때 일이다. 내가 열일곱 살이었을 때 친구는 나와 동갑임에도 불구하고 학교를 이 년 쉬어서 아직 중학생이었다. 당시에 그 친구의 앞뒤 사정을 잘 몰랐으나 이 년을 쉬었다는 사실만으로 선입견이 생겨버린 나는 오지랖 넓게 친구에게 충고했다.

"나중에 뭐 해 먹고살려고 그래? 어쩌자고 학교를 끊어. 친구들은 다 고등학생인데 너만 중학생이야. 이 년이나 늦은 거라고. 후회 안 해? 한심하다, 한심해."

나의 어리석고 모진 말을 듣고도 친구는 웃으며 말했다.

"나는 지난 이 년동안 내가 하고 싶은 것들을 했고 부모님도 인정해주셨어. 남들보다 좀 느리면 어때? 남들과 똑같이 살 필요는 없잖아. 어차피 후회는 늘 남는데. 덜 후회하느냐, 더 후회하느냐의 차이지. 내가 원하는 시간들로 지난 이 년을 채웠어. 나는 내가 전혀 부끄럽지 않아. 이 년 꿇은 걸 후회하지도 않고."

친구의 대답을 들은 나는 함부로 말을 내뱉은 스스로가 부끄러웠다. 그 친구와의 대화가 오랜 시간이 지나도록 기억에 남아 있는 이유가 있다. 아무것도 모르면서 편견에 사로잡혀 무작정 쏘아붙이던 나에게, 모난 마음을 따뜻하게 감싸는 배려를 건네주었기 때문이다. 그 배려 덕분에 내 색안경을 버릴 수 있었다.

그리고 다른 사람과 똑같은 길을 걷지 않아도 된다는 생각을 그 친구를 통해 처음 하게 되었기 때문이다. 어떻게든 후회는 늘 남으니 덜 후회할 수 있는 길을 선택하여 걷는다는 친구. 그 말이 내 인생을 바꿔놓았다.

나는 너로 인해 아주 많은 것을 배웠다. 오늘도 덜 후회하는 시간을 살기 위해 노력한다. 후회는 어떻게 해도 남는다. 덜 후회하느냐, 더 후회하느냐의 차이일 뿐.

다른 사람들과

똑같은 길을

걸을 필요는 없다.

이기적인 마음

어쩔 때 툭 튀어나오는 이기심은 진짜 나만 생각하는 마음이 아니라 자기 자신을 위한 방어적인 태도일 때가 있다. 누군가는 그런 단편적인 모습만 보고 앞뒤 상황 없이 나를 판단하기도 한다. 왜 그랬는지 이유를 물으며 헤아리려고 노력하는 사람이 아니라, 단번에 돌아서는 사람이라면 그런 인연은 곁에 두지 않아도 된다. 이유를 물어봐주는 사람, 나의 상황을 헤아리려 하는 사람. 그런 사람이라면 곁에 머물며 함께 기대고 싶다. 훗날 당신에게도 비슷한 상황이 온다면 나도 두 눈을 맞추며 당신을 헤아릴 수 있기를.

틀린 게 아니라 다를 뿐

우리는 식성도 수면 방식도 다르다.

키와 몸무게, 눈동자 색마저 미묘하게 다르다.

그것을 이상하게 여기지 않고

자연스럽게 받아들이는 것처럼,

우리는 그저 다를 뿐이다.

당신이 존중받고 싶다면 타인을 먼저 존중해라.

틀린 게 아니라 그저 다른 것뿐이니까.

이미 알고 있었어

회사 다닐 때 동료 중에 예쁘장하면서도 중성적인 매력이 있는 언니가 있었다. 나이 차이도 별로 나지 않고 집도 같은 동네여서 가까워지게 되었다. 퇴근 후 종종 술도 같이 한잔하고 점심도 거의 같이 먹었는데, 언니는 늘 점심시간마다 밖에서 통화를 하고 돌아오곤 했다. 어느 날 물었다. "누구야? 남자친구?" "으응, 아니야. 밥 먹자." 언니는 얼버무리며 넘어갔다.

그 후로도 언니는 남자친구 얘기만 나오면 은근슬쩍 말을 돌렸다. 언니의 네 번째 손가락엔 언제나 반지가 끼워져 있었던 터라 이상하다고 생각했다. 괜히 오지랖 부리게 될까 봐 더 이상 얘기를 꺼내진 않았지만 어느 순간 자연스럽게 눈치채게 되었다. '말하지 않는 건 사정이 있어서겠지. 혹시 연인이 여자라서 그런가? 정말 그렇다면 남들이 손가락질할까 봐 숨기는 걸까?' 물론 생각만 하고 굳이 입 밖으로 꺼내진 않았다. 본인이 숨기고 싶어 하는데 굳이 캐묻는 건 실례니까. 설령 언니의 애인이 여자라고 해도 나는 아무렇지 않았다. 성 소수자에 대한 어떤 편견도 없었고 틀린 게 아니라 다른 것이라고 늘 생각해왔으니까.

〈모두에게 완자가〉라는 퀴어 커플의 일상을 다루는 웹툰을 본 적이 있다. 한 에피소드에서 주인공이 지인에게 커밍아웃하는 장면이 나온다. 주인공은 고민 끝에 마음 졸이며 자기가 동성애자라는 사실을 털어놓는데 상대방은 이전에도 다른 사람의 커밍아웃을 받아들인 적이 있다며 대수롭지 않게 반응을 했다. 주인공은 앞서 용기를 내준 그 사람에게 고마움을 느끼며, 주위 사람 세 명씩에게만 커밍아웃을 하고 그들에게 알려, 그들이 퀴어를 있는 그대로 받아들일 수만 있다면 세상은 조금씩 달라질 거라고 기대했다.

나도 언니에게 그 세 명 중 한 명이 되고 싶었다. 절대 당신을 손가락질하지도, 부정적인 시선으로 바라보지도 않을 거라는 걸 알려주고 싶었지만, 언니가 용기를 낼 때까지 기다리기로 했다.

시간이 지나 어느 날 언니와 술을 진탕 마시게 되었는데 그때 언니가 입을 뗐다. "나 사실 여자랑 만나. 내 연인은 여자야. 아무래도 안 좋게 생각할 수 있으니까 조심스러웠는데 너라면 괜찮을 것 같아서." 나는 대답했다. "이미 알고 있었어. 언젠간 말해주겠지 싶어서 굳이 말하지 않았어. 지금처럼 예쁘게 만나. 언제 같이 술이나 먹자." 그게 다였다. 평소랑 다를 건 없었다.

그 후 언니의 여자친구가 고마움의 표시로 커피를 사다 주었는데, 어쩐지 나는 그 커피가 조금 속상했다. 타인에게 이해받았다는 것에 고마워하는 그들도, 그렇게 만든 이런 세상도, 당연하게 누려야 할 다름에 대한 권리인데 누리지 못함이 속상했다.

모두가 나와 같진 않지만 나 같은 사람도 있다는 걸. 난 이미 알고 있었다고, 그게 뭐 어떠냐고 말해주고 싶다.

색안경에 가려진 진실

우리는 어릴 적부터 받은 주입식 교육으로 색안경을 낀 채 수많은 편견을 가지고 살아간다. 이성일 경우 사랑이라, 동성이기에 우정이라 단정 짓고 뒷모습은 보려 하지 않는다. 가려진 진실보다 보이는 사실이 더 중요하다고 여긴다. 그래서 성 정체성에 혼란이 오고 자꾸 자신을 부정하고 숨기는 게 아닐까.

그 현실이 안타까웠다. 어쭙잖은 연민이 아니라, 그저 스스로 죄의식을 가지고 살아가는 이들이 안타까웠다. 우리는 그저 다를 뿐인데. 그로 인해 많은 이들은 꽃밭을 두고도 스스로의 눈과 귀를 막는다. 우리는 그렇게 자라왔다.

말의 무게

말 한마디의 무게는 결국 뱉은 자가 견디는 것.

좋은 말이든 나쁜 말이든 내가 한 말의 책임은,

삼키는 사람이 아닌 뱉은 나에게 돌아온다.

느려도 괜찮은 이유

아이가 말을 떼는 데 걸리는 시간은 평균 18개월에서 20개월이라고 한다. 대부분의 부모들은 저 기간 내에 아이가 말을 떼지 못하면 아이에게 무슨 문제가 있는 건 아닌지 걱정한다. 포털 검색창에 '아이가 말을 떼는'까지만 쳐봐도 '아이의 언어발달이 느려요. 왜 그럴까요?' 같은 연관 검색어가 가득 뜬다.

하지만 삶이 어떻게 마디마디 평균을 이루겠는가. 어른이 된 내 삶도 늘 순탄치만은 않고 수많은 예외적인 상황이 생기는데, 아직 어린아이도 마찬가지다. 느리다고 조급할 것 없다. 조급함이 낳은 조기교육이 어떤 면에선 아이를 더 힘들게 할 수 있다.

다 큰 어른이 된 우리도 매년 처음 맞는 나이를 경험하고 매일 처음 맞는 오늘을 보낸다. 주위의 시선과 숫자로 정해진 기준과 비교해서 느리다고 스스로를 다그치지 마라. 비교는 결국 나를 갉아먹을 뿐이다. 지금도 충분히 괜찮다. 느린게 아니라 침착한 것이니 서두를 필요 없다. 우리는 서서 걷기까지 몇천 번을 넘어지고도 끝내 일어섰다. 그러니 어린이든 어른이든, 남들의 속도에 맞추지 않아도 괜찮다. 느려도 괜찮다.

늘 한쪽 이어폰만 끼는 친구

오랜 친구가 어느 날 진지하게 말을 꺼냈다. "나는 귀 한쪽이 들리지 않는 장애인이야. 반대쪽 청력도 좋지 않아서 평소에 잘 못 알아들었던 거야. 그렇다고 너무 큰 소리가 나면 귀도 머리도 아파." 늘 이어폰을 한쪽만 끼고 다닌 것도 그래서였다고 했다. 나는 아무것도 몰랐는데 친구는 비장애인으로 보이기 위해 수많은 노력을 했다는 걸 그제야 알았다.

나도 몸과 마음, 성격 등의 약점을 감추고 싶을 때가 많다. 친구는 내가 스트레스 때문에 기억을 잃거나 환청을 듣는 것도, 그래서 정신과에 오랫동안 다니고 있는 것도 다 알았다. 서로 그 모든 약한 모습을 다 보고도 우리 관계는 변함없었다. 어색하거나, 억지스러운 배려 같은 건 없었다. 그냥 서로 다르다는 걸 알았고 있는 그대로를 받아들였다.

달라진 건 아무것도 없었다. 우리는 여전히 친구였고 사소한 문제로 다투고 화해했다. 친구가 문득 내게 말했다. "고마워." 내가 대답했다. "나도 고마워."

"우리는 여전히 친구였고
사소한 문제로 다투고 화해했다."

밤보다 낮이 위험한 사람

평소에 웹툰 보는 것을 좋아한다. 다양한 사람들이 다양한 관점으로 쓰고 그리는 이야기를 통해, 내가 미처 경험해보지 못한 세상을 간접적으로 체험하며 많은 생각을 할 수 있기 때문이다.

좋아하는 웹툰 중에 〈나는 귀머거리다〉라는 작품이 있다. 작가가 자신이 직접 경험하고 느낀 것들을 풀어낸 일상 웹툰으로서 비장애인인 내가 미처 잘 알지 못했던 이야기를 많이 접할 수 있었다.

그렇게 알게 된 사실 중 하나는 청각장애인에게 밤보다 오히려 낮이 위험하다는 것이었다. 낮에는 좁은 골목을 지나갈 때 뒤에서 차가 비켜달라고 클랙슨을 빵빵 울려도 알 수가 없는데, 밤이 되면 밝은 헤드라이트 불빛을 보고 비킬 수 있기 때문이다. 클랙슨 소리를 못 듣고 사고를 당할까 봐 좁은 골목을 지나갈 때면 벽에 거의 붙어서 다닌다고 한다.

웹툰을 보고 문득 친구가 걱정되어 골목을 지날 때 이어폰 꽂고 걷지 말라며 잔소리를 했다. 친구는 자기도 종종 이런 경우가 있다고, 다른 사람에게 피해 주지 않기 위해 노력한다고 했다. 대답을 들은 나는 속이 상해 괜히 울컥했다.

서로 조금씩만 배려할 순 없을까. 동정이 아닌 배려다운 배려. 물론 모든 것을 다 이해하며 살 수는 없지만 조금씩 서로 배려하고 그 배려가 쌓여 자연스러운 일상이 된다면 좀 더 따뜻한 세상이 되지 않을까.

좀 더 나은 삶이기를

"안녕하세요, 작가님. 어디에도 터놓을 곳이 없어서 이렇게 사연 보내요. 저는 임신중절수술을 했습니다. 아이 아빠와 저, 둘 다 편부모 가정에서 자랐고 각자 빚이 있었어요. 저의 건강 상태 또한 좋지 못했습니다. 그런 상황에서 제 어린 시절을 돌아보니 절대 저처럼 키우고 싶지는 않았어요. 저 또한 엄마 없이 자란 사람이라 작가님의 글이 너무 와닿았습니다.

그래도 결코 잘한 일은 아니지요. 평생 가슴에 안고 갈 마음의 죄입니다. 수술하고 나서 하루하루가 끔찍했고, 꿈에서조차 수도 없이 아이를 잃어버렸습니다. 울면서 잠을 깨는 날도 많았어요. 미안한 마음에 아이에게 편지도 써보고 아이의 옷이나 신발을 사기도 했지만 스스로가 용서되지 않았습니다. 지나가는 임산부만 봐도, 양손에 아빠, 엄마

손을 잡은 아이만 봐도 눈물이 났어요.

이름 한 번 부르지 못하고, 심장 소리 한 번 듣지 못한 채로, 아이에게 해준 것 하나 없이 그렇게 떠나보낸 것이 한이 맺힙니다. 얼마든지 죄책감에 시달려도 좋으니 아이에게 미안하다고, 사랑한다고 말하고 싶어요. 비록 자격은 없어도 결코 사랑하지 않아서 그런 결정을 내린 것이 아니라고, 할 수만 있다면 빌고 싶습니다. 우리 아가는 잘 갔을까요? 가는 길이 너무 힘들진 않았을까요? 못난 부모 만나 빛 한 번 보지 못하고 간 죄 없는 내 아기가 눈에 밟혀, 그저 너무 미안할 따름입니다.

벌써 일 년이 다 되어가는데도 저는 미치지 않은 게 신기할 정도로 삽니다. 속은 썩어 문드러져 가는데 먹고살기 위해 겨우겨우 일상을 유지하고 있어요. 제가 쓴 마음들이 아이에게 가닿기를 바라는 마음에 넋두리를 적습니다."

사연을 읽으면서 내게 와닿는 아이 엄마의 슬픔에 나도 모르게 펑펑 울어버렸다. 내가 이런데 당신 마음은 어떨까. 이분은 상처 난 자리에 스스로 상처를 계속 내고 있었다. 잊지 말아야 한다는 죄책감 때문이겠지. 다들 말을 안 해서 그렇지 이런 사람들이 많겠지. 누군가를 탓할 수도 없는 현실과 삶을 고스란히 맞고 있는 당신을 위해, 나 또한 글로 옮겨 적고 초를 켠다. 죄책감에서 벗어나 좀 더 나은 삶을 살기를, 언젠가 당신이 행복해지길 바라며.

누군가를 탓할 수도 없는 현실과
삶을 고스란히 맞고 있는 당신을 위해.
좀 더 나은 삶이기를,
언젠가는 당신이 행복해지기를 바라며.

내 행복의 기준

내 행복의 기준은 타인이 아니라 내게 있다.

다른 사람이 보기엔 '애개, 고작'이라고 생각할지 몰라도

내겐 먼지가 아닌 우주이다.

고통도 마찬가지이다.

행복도, 고통의 기준도 다 내가 정한다.

가진 것만 믿고 으스대며 비교하고

타인을 깎아내리는 사람은 사절이다.

"네가 너인 것에
다른 사람을 납득 시킬 필요는 없어."
—⟨이태원 클라쓰⟩ 중에서

함부로 누군가를 미워하지 않기를

인생은 인과응보라, 내가 내뱉은 말과 한 행동들은 다 내게 돌아온다. 그게 좋은 것이든, 나쁜 것이든 언젠가는 그 크기만큼 혹은 더 크게 돌아온다. 아직 짧다면 짧고 길다면 긴 내 인생살이에도 수없이 많은 사례를 봤고 나 또한 그랬다. 누군가가 미워서 그 사람을 저주하는 마음조차 스스로를 더 괴롭게 만들 뿐이라는 걸 알기에 이제는 함부로 누군가를 미워하지 않는다.

나 또한 누군가를 죽을 만큼 미워했다. 일을 하는 순간에도, 길을 걷다가도, 설거지를 하는 와중에도 끓어오르는 분노와 원망과 미움 속에서, 몇 번씩이고 홀로 무너지고 괴로워했다. 미워하는 그 마음은 결국엔 나를 아프게 만들더라. 행복하지 않았다. 차라리 잊어버리면 좋을 텐데, 그러지도 못하고 순간순간 올라오는 마음은, 상처 난 곳을 계속 헤집고 끄집어 감정을 각인시키는 것만 같았다. 이제는 안다. 누군가를 미워하는 마음은 결국 나에게도 상처를 줄 뿐이라는 걸.

아무것도 할 수 없다는 생각이 들 때

무리한 일과 잘못된 생활습관 때문인지 작년 9월부터 몸에 신호가 왔다. 허리와 골반이 비틀어진 듯 너무 아팠고 앉아서 식사조차 어려웠다. 가만히 있어도 저려오는 통증에 울며 밤을 지샜다. 결국 허리디스크 진단을 받았다. 4번과 5번 척추, 그리고 골반이 같이 틀어 올라가 왼쪽과 오른쪽 다리 길이가 맞지 않았다. 일은커녕 누워 있는 것조차 힘들어 밤마다 울기 일쑤였고 3개월을 병원과 화장실 갈 때 빼고는 늘 누워서 지냈다. 거울 속 내 모습은 살이 부쩍 늘어서 자괴감에 빠졌다. 이 몸으로는 아무것도 할 수 없다는 생각이 들었고 우울증이 다시 찾아왔다.

이 괴로움을 함께 나눌 사람이 필요했다. 나와 같은 고통을 가진 이들을 찾아간 곳은 한 커뮤니티 사이트였다. 그곳에서 많은 이야기를 나누면서 웃음을 찾을 수 있었다.

나보다 더 심각한 사람이 있는가 하면, 그 아픈 몸을 이끌고 굳은일을 도맡아 하는 공익근무요원을 하는 사람마저 있었다. 그러나 대부분은 우울증과 불면증으로 정신과 약을 먹는다고 했다. 반짝이던 자신이 젊은 날에 아무것도 할 수 없는 사람이 되어보니 무기력해지고 우울감에 휩싸인다고 했다. 그 마음이 백 번 천 번 공감이 갔다. 각자 다른 삶을 살던 사람들이 허리디스크라는 공통점만으로 공감하며 소통할 수 있었다. 나와 같은 고통을 가진 사람과 아픔을 나누는 것만으로도 위로가 된다는 말이 새삼 크게 와닿았다. 내가 겪은 고통 덕분에 당신을 이해할 수 있다.

우리 모두 각자의 별

난생 처음으로 연인과 함께 서울에 있는 호텔 식당에 갈 기회가 생겼어요. 남자친구의 지인분이 그에게 고마운 일이 있었다며 식사권을 선물로 주셨거든요. 나도 그도 이런 상황이 처음이라 엘리베이터를 타고 41층까지 올라가는 동안에도 얼마나 낯설고 어색하던지. 막상 도착했을 땐 고층에서 내려다보이는 창밖 조망이 너무 아름다워 감탄이 절로 나오더군요. 드라마나 영화에서만 보던 멋진 곳에 남자친구와 함께 와 있으니 좋으면서도 순간 그런 생각이 들더라고요. '내가 이런 곳에 와도 되나?' 그때 제 수중엔 단돈 몇천 원뿐이었어요. 제 현실과 동떨어진 곳에 있으니 왠지 모를 괴리감이 느껴졌죠.

아무렇지 않은 척, 자연스러운 척하며 고장 난 로봇처럼 식사를 하는 동안 창밖 하늘은 붉그스름하게 노을졌다가

푸른빛의 까만 물감이 번지더니 바닥에 별을 뿌려놓은 듯 수많은 자동차와 건물 불빛들로 반짝였어요. '와, 이렇게 높은 곳에서 바라보니 서울의 야경은 참 아름답구나'라는 생각과 동시에 그 자리에 있는 저는 마치 어울리지 않는 옷을 입은 양 조금 불편했어요. 사랑하는 이와 함께해서 마냥 행복한 저녁이어야 하는데 이내 곧 현실로 돌아가야 하는 신데렐라와 같은 처지라는 걸 너무 잘 알고 있었기 때문인지도 몰라요.

한여름 밤의 꿈같던 식사를 마치고 볼일이 있어, 고시 공부하는 사람이 많다던 노량진에 가게 되었어요. 지나가는 사람마다 두꺼운 책과 노트북을 들고 생기를 잃은 듯한 얼굴로 어디론가 향하고 있었죠. 다들 무척이나 바빠 보였어요. 문득 내가 그에게 물었어요. "사람들이 생기가 없어. 저 사람들의 생기는 누가 앗아갔어?" 한동안 말이 없던 그가 대답했죠. "그러게, 누가 빼앗아갔을까."

누군가에겐 일상일, 서로 다른 삶의 모습들을 마치 '하루 단기간 속성 코스'로 경험한 것 같았어요. 서울은 늘 갈 때마다, 가는 곳마다 새로운 기분인데 그 순간에는 어른동화를 쓰고 싶은 까만 밤 같은 기분이랄까. 의자에 걸터앉아

지나가는 사람들을 바라보다 고개를 들어 본 밤하늘엔, 가장 반짝이는 별 하나와 그 주위에 덜 반짝이는 수많은 별들이 있었어요. 사람들은 다들 본인이 별이었음을 잊고 가장 반짝이는 별 하나가 되고 싶어서 저렇게 바삐 흘러가나 싶더라고요. 가장 반짝이는 별이 아니어도 이미 우린 반짝이는 별인데. 그냥 행복해도 되는데. 별의 높이는 타인이 정하는 게 아니라 내가 정하는 건데. 너무 스스로에게 가혹한 건 아닐까요? 순간의 크고 작은 많은 행복을 놓치고 있는 나도, 당신도 말이에요.

인생은 모순

"저는 물속에 사는 물고기지만
비가 와서 젖는 건 싫어해요."

저 문장처럼
인생 또한 모순의 연속이다.

구겨지지 않을 용기

사람들이 나를 밟고 구겨도

나는 구겨지지 않으려는 용기.

누군가가 나를 찢고 무시해도

나는 망가지지 않으려는 용기.

결코 나는 구겨지지 않겠다는 마음.

나라는 종이에 구김을 펴고

나만의 색과 그림을 그려 넣을,

나는 구겨지지 않는 꿈.

나를 찾아가는 길

내 글에는 싫어하던 것도 좋아하게 만드는 재주가 있다며 한 글자 한 글자에 공감을 불러일으키는 힘이 있다는 말을 들었다. 쉬운 언어로 적어 내려가지만 절대 가볍지 않은 글들. 나는 여전히 그런 글을 쓰고 싶다. 숫자에 연연하지 않으려 하지만 삶의 무게가 내 어깨를 무겁게 한다. 예술을 하고 싶을 뿐인데 그러기엔 먹고살아갈 돈도 필요하다.

그렇다고 특출나게 잘한다고 자신 있게 말하기도 어렵다. 나보다 잘하는 사람은 너무 많아서. 하지만 글을 좋아하고 사랑하는 마음만큼은 남에게 뒤처지고 싶지 않다. 그래서일까 때론, 가벼이 던진 별거 아닌 말에도 민감하게 반응하기도 한다. 내가 어떤 마음으로 어떻게 버티는 건지 잘 알지도 못하면서. 세모난 마음 위에 놓인 긴 외나무다리에서 나 홀로 중심 잡기를 하고 있다.

꼬리에 꼬리를 잡고 이어지는 질문의 끝에서 맞닥뜨리는 문장은 '나는 누구인가?' '내가 원하는 궁극적인 목표는 무엇인가?'라는 물음으로 끝이 난다. 결국 나를 찾아가는 과정이었다. 나만 그런 건 아니겠지. 젊은 청춘이어도, 익어가는 나이여도 그렇겠지. 다 그렇겠지.

냉장고 제일 위 칸 오래된 통 하나.

이것이 무엇이냐고 묻는 나의 말에 아빠가 대답했다.

"아빠 보물."

할머니의 된장찌개를 좋아했던 아빠는

할머니가 돌아가신 후로 할머니가 만든 된장을

차마 먹지도 버리지도 못하고 그대로 간직하고 있었다.

사랑하는 이를 그리워하는 마음은

시간이 지나도 바래지 않고 그대로였다.

된장은 할머니가 아빠에게 남겨둔 사랑이었으니까.

*
*
"너를 그리워하는 마음은

시간이 지나도 바래지 않고."

엄마 없는 애 ~~~~~~~~~~~~~~~~~~

신이 모든 인간을 보살필 수 없어, 엄마를 내려주셨다는 말이 있다. 나는 그 말이 참 싫다.

아홉 살 때 부모님이 이혼하신 뒤로 나와 내 남동생은 아빠와 살게 되었다. 어느 날 첫 생리를 시작했을 때, 왠지 부끄러운 마음에 아빠에게 말하기까지 오랜 시간이 걸렸다. 얼굴을 보고 말할 수가 없어서 전화로 이야기를 했는데 얼마나 많이 망설이고 마음을 다잡았는지 모른다. 긴장되고 두근거리는 마음으로 말을 꺼냈는데 돌아오는 대답은 짧고 간단했다. "알았어." 겨우, "알았어."였다.

책이나 TV에서 여자아이의 첫 생리는 축하받아 마땅한 일이었다. 나도 어쩌면 그런 축하를 받고 싶었는지 모른다. 그 후로 나는 내가 생리를 한다는 것 자체를 수치스러

위했다. 아빠에게 생리대를 사달라는 말조차 할 수 없었다. 엄마의 부재는 자라는 내내 마음속에 듬성듬성한 구멍을 만들었지만, 이럴 때야말로 정말 엄마가 필요하다고 생각했다. 관심을 가지고 나를 보살펴줄 사람이 필요했다. 믿고 도움을 청할 수 있는 사람이 절실했다.

처음 브래지어를 샀을 때도 마찬가지였다. 사정을 아는 친구의 엄마나, 아빠 친구의 아내분들에게 도움을 받았다. 어린 마음에 그게 너무 창피하고 싫었다. 다 자라서 나는 한 달에 한 번씩 비싸고 예쁜 속옷을 자신에게 선물했다. 그렇게 어린 나를 위로했다.

아빠와 일찍 헤어진 엄마는 그때 겨우 스물아홉 살이었다. 그렇게 우리를 떠난 엄마의 마음을 헤아려보려고도 해봤지만, 지난날의 멍만큼은 사라지지 않았다. 그 멍은 누군가를 만나 미래를 그릴 때에도 마찬가지였다. '나는 나중에 결혼을 하더라도 드라마나 영화, 책에 나오는 사람들처럼 늘 내 편인 친정 엄마가 없구나. 내가 아이를 낳으면 몸조리를 도와주거나, 때 되면 김치며 갖은 반찬을 해줄 엄마가 나는 없구나. 남편과 싸우고 친정에 가면 엄마가 맞

이하는 집이, 그런 엄마가 없구나. 평범한 모든 것들이 내게는 참 어려운 거구나.'

참 오랜 시간 동안 엄마를 그리워했다. 나를 떠난 엄마가 아닌, 사랑으로 보살펴주는 엄마라는 존재가 늘 간절했다. 사랑 듬뿍 받고 자란 유년 시절이길 바랐다. 오랜 시간 우산도 없이 소나기를 만난 나는 참 많이 고장 나 있었다. 누군가에게 기대지도, 주는 마음을 받지도 못하는 사람. 그게 너무 어려워서 힘들어도 힘들다고 말할 수 없는 사람이 되었다. 늘 내 현실을 원망만 했는데 눈 뜨고 주위를 보니 나와 같은 사람들이 많더라.

그래서 나는 신이 모두를 다 돌볼 수 없어 엄마를 만들었다는 말을 싫어한다. 별거 아닌 그 말이 나를 울린다. 내 아픈 곳을 쿡쿡 찌른다. 외딴섬이 되어도 좋을 것 같았는데 이젠 방향조차 잃은 채 표류하는 것만 같다.

Chapter 3

——— 우리가 헤어진 ———
이유를 모르겠다면

존재의 빈자리

원래 없었던 것이지만 한 번 네가 있었기 때문에

네가 사라지고 나면 빈자리가 생길 거란다.

존재란 그런 것이다.

이별 신호

참 무서운 말.

"그래 네 마음대로 해."

더 이상 관심이 없으니

관계가 끝나간다는 말.

을의 연애

나만 놓으면 끝날 것 같은 아슬아슬한 관계.

위태롭다는 걸 알면서도 놓지 못하고

나는 사랑이라 말한다.

짝사랑도 아닌 것이 나를 얼마나 비참하게 만드는지.

네 손에 피 묻히기 싫어, 내게 칼을 쥐어준 걸

모르는 척하는 게 얼마나 괴로운지.

끝낼 줄도 멈출 줄도 모르는 나는 얼마나 미련한지.

달라서 만났고 달라서 헤어지는

나의 이런 모습이 좋다고 했잖아. 우리는 처음부터 달라서 서로 이끌렸던 거야. 이제 너에게는 그런 내 모습이 단점이 되었구나. 왜 있는 그대로의 나를 봐주지 않는 거야? 왜 내 모습 그대로 사랑하지 않고 나를 바꾸고 고치려 하는 거야? 너는 나의 모든 걸 사랑한 게 아니었구나. 나는 너의 모든 걸 감싸 안을 수 있었는데, 그런 나를 너는 고치려고만 하네. 나는 고장 난 게 아니야. 네가 나를 바라보는 시선이 바뀌었을 뿐. 서로 다른 모습에 끌려서 만났는데 결국 서로 다르다는 이유로 헤어지게 되네.

너는 버렸고 나는 버리지 못한 것들

겨울 코트 주머니 속 함께 마셨던 커피 영수증,

가방 한구석에 함께 보러 갔던 영화 티켓,

지갑 한편에 이제는 다 낡아버린 우리 사진.

너는 버렸으나, 나는 버리지 못한 것들.

너는 버렸으나,

나는 버리지 못한 것들.

라디오를 듣다가

일에 찌들어 지친 몸을 택시에 태웠다. 고된 하루를 보내는 사이 날은 저물었고, 나는 어두워진 창밖으로 지나가는 가로등과 전광판들을 멍하니 보고 있었다. 평소 같으면 그냥 흘려듣고 지나칠 법한 라디오 소리가 그날따라 귀에 들어왔다.

"그와 함께 먹으려고 밥을 지었어요. 아주 좋은 쌀로 뜸까지 완벽하게 들였어요. 김이 모락모락 피어오르면서 집안이 맛있는 밥 냄새로 가득 찼죠. 그런데 그는 이제 밥보다 빵이 좋다고 하네요. 잘 먹는 그를 알아서, 밥을 많이 지었는데. 그를 기다리다 밥이 다 식어버렸어요. 홀로 식탁에 앉아 식은 밥을 먹는데 먹어도 먹어도 줄지가 않았어요. 목이 턱턱 메고 눈물이 차오르더니 그제야 실감이 났어요. 우리가 헤어진 게."

이별한 지 얼마 되지 않았던 그때의 나를, 멍하니 세상의 흐름에 휩쓸려 살아도 사는 게 아닌 것처럼 망가져가던 내 마음을 그 사연이 읽어주었다. 텅 빈 눈을 하고 앉아 있던 나는 갑자기 택시 안에서 흐느껴 울기 시작했다. 겨우 덮어뒀던 열병은 다시 일어났다. 그 누구도 이별 후의 내 마음을 온전히 알아주던 이가 없었는데, 라디오에서 흘러나온 사연을 듣고 공감과 위로를 얻었다.

그 후로 택시를 탈 때면 라디오 소리에 귀를 기울이는 습관이 생겼다. 그때마다 사연을 보냈던 그녀가 잘 살고 있는지 안부를 묻고 싶어진다.

가장 무서운 화는 침묵이다

가장 무서운 화는 침묵이라 한다. 칼같이 돌아서는 건 정이 없어서가 아니다. 나는 그만큼 최선을 다했고 상대는 그런 나를 당연하게 여기며 최선을 다하지 않았을 뿐. 더이상 말로 해서 해결될 문제가 아니라는 걸 알기에. 구태여 입 아프게 이유를 말하지 않고 잘라내는 것뿐이다. 나는 사랑받아 마땅한 사람이기에 소중함을 모르는 관계는 나를 위해 자르는 것뿐이다.

사소한 것이 가장 중요하다

사소한 것을 당연하게 여기는 순간 관계는 어긋난다. 어떤 관계든 마찬가지다. 가까울수록 사소한 순간을 놓쳐선 안 된다. 하지만 많은 사람들이 이 사실을 잊고 살아간다. 함께 식당에 밥을 먹으러 갔을 때 내 앞에 수저를 놔주고 물을 따라주는 것도 나를 위한 배려와 사랑이다. 당신이 자세히 보려 하지 않아서 보이지 않았을 뿐, 사랑은 어디에나 존재한다. 중요한 것은 이 사소한 배려와 사랑을 당연하게 여기지 않는 것이다. 미안하고, 고맙고, 사랑하는 마음을 소리 내어 표현하는 것이다. 사소한 것이 가장 중요하다. 사랑이, 관계가 그렇다. 당연시할수록 색은 바래진다.

✳

가장 사소하지만

가장 중요한 것을 아는 사람.

우리가 헤어진 이유를 모르겠다면

헤어진 이유를 몰라서 아직도 궁금해한다면,

당신은 그 이유를 몰라서 헤어진 것이다.

소중함을 잊고 상대를 당연하게 여긴 마음이

헤어진 이유조차 보이지 않게 눈을 가려버린 것이다.

부모 자식 사이도 당연하지 않은데

세상 그 어떤 관계가 당연할까.

세상에서 가장 가까웠던 사이에서
가장 먼 사이로

우리는 헤어지지 말았어야 했어요. 이렇게 집 안 곳곳에, 함께 갔던 모든 곳에서 아직 당신이 보이는데. 갈치조림이 먹고 싶다는 내 말 한마디에 얼른 재료를 사와서 만들던 당신 뒷모습이, 서로 설거지하겠다며 다투던 우리가, 사진 속에선 아직 행복한 우리가, 당신이 남기고 간 반지가 나를 울려요. 사랑한다는 말 하지 않아도 서로의 눈만 봐도 알던 우리였는데. 세상에서 가장 가까웠던 사이에서 가장 먼 사이가 되어버렸어요. 나와의 마주침을 피하려 먼 길을 돌아간다는 당신 소식에 나는 길을 잃었어요. 잃어버린 나의 반쪽으로 살아도 사는 게 아닌 것처럼 살아요. 끝나지 않은 사랑을 가지고 나는 어떻게 해야 좋을까요? 하나도 모르겠어요. 정말 당신을 잊는 순간이 오긴 할까요? 이렇게 아플 거라면 우리는 헤어지지 말았어야 했어요.

사랑이 남아 있다면 불가능한 이야기

헤어짐에 맺고 끊음이 확실하다는 것은,

상대를 사랑하는 마음이

더 이상 남아 있지 않기에 가능한 이야기다.

사랑이 조금이라도 남아 있다면

칼 같은 이별은 불가능하지 않을까.

사랑은 조절할 수 없으니까.

진짜와 가짜

가로등에 속아 달이라 믿었네.

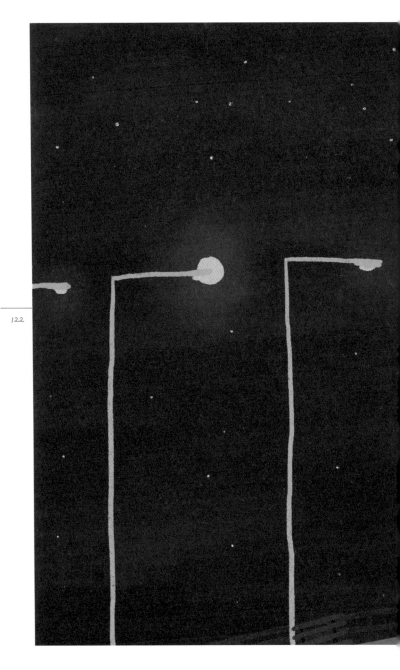

122

어쩌면 지금도 당신을 기다리고 있어요

그와 헤어진 지 얼마 되지 않았을 때였어요. 생각 정리 좀 하기 위해 밤 공원으로 향하는 길에 시린 바람이 불어오더라고요. 의자에 가만히 앉아 하늘을 바라보는데 근처에서 강아지랑 산책하시던 분이 잠시 편의점에 다녀올 테니 강아지 좀 맡아달라고 부탁하셨어요. 흔쾌히 그러겠다고 했죠. 제게 안겨 있는 동안에도 아이는 제 주인이 간 곳만 바라보며 금방이라도 그쪽으로 달려갈 것처럼 가만히 있질 않더라고요.

아마 이 아이에게는 주인이 자기의 전부이자 세상과도 같겠지요. 사랑에 빠졌던 나도, 그때는 당신이 내 모든 것이었는데. 아니 어쩌면 지금도 저는 당신이 돌아오길 바라고 있어요. 미련맞은 거 알지만, 돌아오기만 한다면 자리를 박차고 달려가서 당신에게 안길 텐데.

강아지 주인분이 따뜻한 캔 커피를 손에 쥐어주시네요, 춥다며. 그 따뜻함에 눈물이 쏟아져 내리네요. 강아지 주인은 왔는데 왜 당신은 보이지 않을까요. 우리는 왜, 헤어져야 했을까요.

나는 응했고 당신은 응하지 않았던 순간, 그리고 선택.
그 선택들이 모여 우리는 다른 곳을 바라보고 있다.
나는 당신의 뒤를, 당신은 당신의 앞을.

당신이 바라보지 않았던 곳에 나의 사랑이 있다.
당신은 이런 내 마음을 알기는 할까.
아마도 모르겠지.
유독 당신 앞에만 서면 나는 작아진다.

어쩔 땐 이 마음이 뭐라고 그렇게 비참한지.
마치 손에 잡고 싶어 마냥 따라갔던,
그러나 잡히지 않는 구름만 같다.

안 되는 걸 잘 알면서도 사랑이 접어지지 않는다.

당신도 알 테지, 사랑에 빠지면

내 마음이 마음대로 되지 않는다는 것을.

그래서 슬프다.

나는 당신과 함께하는 미래를 꿈꿨다.

결혼을, 당신과 나를 똑 닮은 아이를, 행복한 미래를.

여전히 보고 싶은, 여전히 그리운.

시간이 지나도 잊히지 않는 당신이라 더 힘들다.

나와 당신이 같은 마음이 아니라는 게,

그 사실이 괴롭다.

내가 당신이라면 그냥 날 사랑할 텐데.

"당신도 알 테지,
사랑에 빠지면
내 마음이 마음대로
되지 않는다는 것을."

편지의 무게

편지 한 장에 이토록 무거운 마음이 들어가는 걸

편지를 받는 이는 몰라야 한다.

편지를 전달하는 사람은

이 많은 마음들을 무겁게 들어서 가볍게 전해주어야 한다.

마른 종이가 다 젖은 종이가 될 때까지의 마음은 모르게.

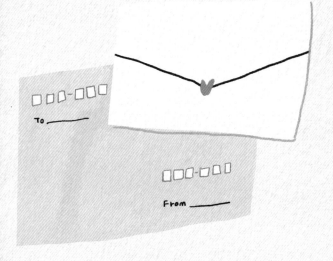

□□□-□□□

To _____

□□□-□□□

From _____

이별의 타이밍

관계란 때론 서로의 마음만으로 유지되지 않는다.

그보다 더 강력한 상황과 세상의 흐름에 파묻혀,

채 마르지도 않은 잉크 위에 물을 부어 번지는 것처럼.

모든 것은 다 때가 있다.

소중함을 잊은 대가는
결국 당신이 치러야 한다.
세상엔 그 어떤 것도
당연한 것은 없다.

꿈과 사랑을 접어야 했던 당신에게

좋아하는 게 싫어지기까지

얼마나 많은 상처를 받았으면 그랬을까.

그것도 참 어려운 건데.

싫어져도 마냥 싫어하지만도 못하는 마음은,

간지럽지 않아도 벅벅 긁어 생기는 상처와 아픔일까.

그 속은 얼마나 문드러졌을까.

관계에도 가지치기가 필요해

나무에 가지치기가 필요하듯, 삶을 살아가다 보면

관계를 내 손으로 잘라내야 하는 순간이 반드시 찾아온다.

그것은 결코 잘못된 일이 아니다.

시들고 썩은 관계를, 나를 위해 잘라내는 것뿐이다.

내 나무에 꽃을 피우고 열매를 맺으려면

결단력이 필요한 순간이 왔을 때 단단해져야 한다.

만남과 이별의 순환

열매는 나무를 그리워한다.

나무에 많은 걸 두고 떨어졌기 때문이다.

삶이 만남과 이별의 순환이라지만

그리움은 남기 마련이다.

그 순간에 우리는 사랑으로 익었으니까.

그리움이 어디 가나요.
그리운 건 그리운 거지.

기억

기억은 옷장 한켠에 쌓여 있는 옷 같다.

입을 것도 없지만, 버릴 것도 없는.

배움이 가져가는 몫

삶에서 큰 배움을 얻을 때는 대부분 내가 가진 것을 잃어버렸을 때이다. 잃고 나서야 뼈저리게 후회해봤자 이미 되돌릴 수 없이 늦었을 때가 대부분이다. 좋은 순간에서 배우는 것이 더 많으면 좋으련만 삶은 그렇게 만만치도, 녹록지도 않아서 내가 가진 무언가를 잃었을 때야 비로소 큰 배움을 얻는 경우가 많았다. 삶은 계속되고 배움은 끝이 없다 하는데, 얼마나 더 소중한 것을 잃어버려야 할까. 소중한 것을 대가로 얻는 배움이라면 그냥 나를 비껴가기를 간절하게 바란다. 더 이상은 아무것도 잃고 싶지 않다.

먼 길 돌아서라도 닿아야 하는 마음

밤바다엔 밤인데도 하얗게 부서지는 파도가 보인다. 얼마나 많은 이들이 두고 간 것들이 많기에 바다는 이렇게 쉬지 않고 파도를 만들어내는 걸까. 낮에 밀려오는 밀물은 다시 가져가야 하는 마음들일까. 바다는 그걸 알려주려 끊임없이 파도를 만들어내는 걸까. 쓸려나가는 썰물은 당신이 두고 간 마음을 저 먼바다로 보내, 먼 길 돌아서라도 닿아야 하는 사람에게 마음을 전해주겠다는 바다의 대답일까. 바다로부터 파도의 편지를 받는 당신과 나는 어떤 마음일까.

또다시 사랑을 꿈꾸다

"더 이상 다른 사람을 만날 자신도, 누군가를 사랑할 자신
도 없어요."

사람과 사랑, 감정 소비에 지친 내가 이십 대 후반으로 넘
어가는 나이에 했던 말이다. 누구나 사랑을 하다 보면 지
치기 마련이지만, 간절히 사랑하고 끝없이 노력했음에도
내 곁을 떠나는 인연들을 보며 참 많이 울었다.

사랑은 나이와 상관없다. 누군가를 절절하게 사랑하고 그
사랑 때문에 마음 아파하는 경험은 어린 나이에도 얼마든
지 할 수 있다. 어린 네가 무슨 사랑을 아냐며 핀잔을 받아
도 나는 내 사랑 때문에 힘들었다.

다른 사람 마음이 다 내 마음 같으면 좋을 텐데, 그러기엔

익어가는 나이임에도 내 마음과 타인의 마음을 알아가는
것은 평생 숙제였다. 많은 인연들이 나를 스쳐 지나갔고,
내 반쪽이라 믿었던 사람도 떠나가는 걸 보며 다신 사랑하
지 않겠노라, 관계에 미련 두지 않겠노라 다짐도 했었다.

그랬건만, 그럼에도 사랑은 순식간에 나를 찾아와 지는 해
가 하늘을 빨갛게 색칠하듯 나를 물들이곤 했다. 언젠가는
진짜를 만나지 않을까 하는 희망을 품는다. 또다시 사랑을
꿈꾸는 내가 미련하면서도 나는 잘 알고 있다. 사랑이 찾
아오면 나는 온몸을 내던져 사랑하고 사랑받고 싶어할 거
라는 걸.

✳

또다시 사랑을 꿈꾸는 내가

미련하면서도 언젠가는

진짜를 만나지 않을까 하는

희망을 품는다.

사랑이 ————————
뭐라고 생각하세요?

라빈 이야기

언젠가 사랑이 무엇이라고 생각하냐는 질문을 받은 적이 있어요. 사랑을 한 단어로 정의하기 어려웠던 저는 기나긴 대답을 했죠.

"어느 봄날, 처음으로 그와 함께 여행을 가게 되었어요. 약속 장소와 시간을 정해놓고 만나기로 했는데 그날 하필 급한 집안일이 생겨 두 시간이나 늦어버린 거예요. 만나자마자 너무 미안해하는 저에게 그는 괜찮다고, 정말 괜찮다고 했어요. 오래 기다렸을 텐데, 오히려 미안해하는 저를 안심시키려고 했죠.

미리 좋은 곳을 알아본 그의 센스 덕분에 예쁜 곳에서 행복한 시간을 보냈어요. 맛집도 가고 예쁜 카페도 갔죠. 그러고 나서 제가 찾아본 벚꽃 공원에 갔는데 길을 잘못 들

145

어 갑자기 등산을 하게 된 거예요. 만개한 벚꽃으로 가득한 풍경을 볼 수 있으리라 기대했는데 결국 보지 못했죠. 설상가상으로 그에게 예뻐 보이려고 신은 새 구두가 잘 맞지 않아 발이 너무 아파서 걷기도 힘들었어요. 그가 준비한 데이트 코스는 완벽했는데 저 때문에 다 망친 것 같아서 너무 속상하고 미안했죠.

저녁이 되어서 택시를 타고 숙소에 가려고 하는데 글쎄 이번에는, 제가 예약해놓은 곳이 그 지역에서 꽤 먼 외곽 쪽이었던 거예요. 간신히 도착했는데 숙소 주변 식당들은 다 일찍 문을 닫고, 원래 가려고 알아봤던 식당은 너무 멀고, 게다가 예상보다 택시비를 많이 쓴 상황이었어요. 그쯤 되니 실수에 실수를 거듭한 제 불찰로 최악의 여행이 되어버렸다는 생각이 들더라고요. 첫 여행이라 완벽하게 준비하고 싶었는데 계획대로 일이 풀리지 않아서 자책에 빠져들었죠.

하지만 그는 화를 내기는커녕 하루 종일 싫은 소리 한 번 하지 않았어요. 괜찮다는 말에 진심을 담아 저를 안아주었어요. 이건 화낼 일이 아니다, 사랑하는 당신이 속상해

하는 게 더 마음 아프다면서 저를 꼭 안아주는데 너무 고맙고 미안해서 눈물이 났죠.

그와 긴 대화를 나누고 씻고 나오니, 한 번도 여자 머리 말려본 적 없다는 사람이 피곤할 법도 한데, 제 긴 머리를 한 시간 동안 말려줬어요. 잘 시간이 되어 하루의 피곤함에 취해 얼굴에 시트팩을 붙인 상태로 누워 있다가 잠에 빠져들고 있었어요. 얼마나 지났을까, 그가 제 얼굴에서 팩을 떼주는 게 느껴지더라고요. 잠결에도 그의 조심스러운 손길이 느껴졌어요. 그 순간 반쯤 잠든 상태로 그런 생각을 했어요.

'아, 이게 사랑이구나.'

단 한 번 화도, 짜증도, 생색조차도 내지 않고 속상해하는 절 안아준 그의 모습을 보고 알았어요. 사랑을 받아보니 의심할 틈 없이 알겠더라고요. 저는 분명 그에게 사랑받고 있었어요. 덕분에 알게 됐죠. '이게 사랑이구나, 최악의 여행이 아니라 최고의 여행이었구나.'

Chapter 4

우리는 결국 또
사랑을 하고야 만다

나는 너에게 어떤 사람이었을까

나는 당신에게 어떤 사람이었을까.

나는 당신이, 기적처럼 찾아온

내 인생의 봄이라고 말하고 싶다.

이런 사람을 만나고 싶다

이런 사람을 만나고 싶다.

사소한 걸 중요하게 여기는 사람,

애정과 배려를 당연시하지 않는 사람,

거짓말하지 않는 사람,

기다림은 짧고 만남은 긴 사람.

이 모든 게 흔하디흔하지만

동시에 최고인 것을 아는 사람.

기다림은 짧고
만남은 긴 사람,
나의 이상형.

오래 남는 마음

그날은 그냥 아무 날도 아니었는데,
보라색을 좋아하는 내게 너는 뜬금없이
보라색 스타티스 꽃다발을 건네며 말했어.

"이 꽃의 꽃말은 변하지 않는 사랑이야. 사랑해."

당신은 생일도 기념일도 아닌 평범한 날을
특별한 날로 바꾸는 마법을 부렸어.
짧은 문장이지만 오래 남는 마음을 선물한 당신이
나를 웃게 만들었어.

statice

언제나 네 곁에 있을 거야

하염없이 당신의 이름만, 이어지는 말 없이, 계속 당신을 부르기만 했지. 당신은 짜증 한 번을 내지 않고 다 대답하다가, 한마디 덧붙였어.

"어디 안 가. 여기에 있어."

그 말에 차마 뱉지 못하고 삼켰던 울음을 토해내듯 쏟아낼 수밖에 없었어. 아, 당신은 뭘까. 당신은 어디서 왔길래 내 마음을 꿰뚫고 내게 저런 말을 할까.

사랑이 이런 건가 봐. 사랑하는 이 앞에서는 슬픔을 감추려 해도 가려지지도, 숨겨지지도 않나 봐. 당신은 꾸며낸 말을 하지도, 우는 나를 애써 달래려고도 하지 않았어. 그냥, 그저 내 곁에 함께 있었을 뿐.

"당신 앞에서 나는,
온전한 나로 있을 수 있어."

그냥 잡고만 있을게

어릴 때 나는 조금이라도 스트레스 받는 일이 있으면 자해를 했었다. 그로 인해 내 왼쪽 손목에는 보기 흉한 흉터가 남아 있다. 내겐 부끄럽고 아픈 기억이라 다른 사람 앞에서는 습관적으로 왼쪽 손목을 가리곤 한다.

어느 날 그가 내 왼쪽 손목을 붙잡았다. 순간 아차 싶은 마음에 손을 확 빼내며 "만지지 마!"라고 소리쳤다. 그가 말했다. "그냥 잡고만 있을게." 한동안 내 손목을 가만히 바라보며 쓰다듬던 그는 입을 열었다. "나한텐 똑같은 살이야."

그는 나의 상처를 선입견 없이 바라봐주었다. 그 앞에서 나는 아프거나 부족한 사람이 아니라, 그냥 있는 그대로의 나일 뿐이었다. 그 말이 얼마나 고맙던지, 다르지만 같다

고 말해주던 당신에게 얼마나 감사하던지. 아마 당신은 영
영 모르겠지.

그럼에도 불구하고

사랑받고 싶어.

사랑을 가득 받아도 채워지지 않는

깨진 그릇이라 해도,

그럼에도 나는 사랑받고 싶어.

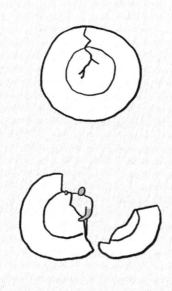

숨이 닿는 거리

코를 맞대고 부비적거리는 걸 좋아해.

서로의 숨이 닿을 것 같은 얼굴과 얼굴 사이로,

당신이 얼마나 사랑스러운 사람인지 표현하는 행동이야.

겨울바람에 차가워진 당신의 코를 부빌 때마다

서로의 온도를 나누며 마주 보고 미소 짓게 돼.

사람들이 꽃과 편지를 좋아하는 건,

유일하게 남아 있는 클래식한 낭만이기 때문이다.

진심을 가장 잘 전달할 수 있기에.

헤어지지 말자

우리는 헤어지지 말자. 다신 안 볼 것처럼 싸우고 등 돌리며 돌아누워도 같은 이불을 덮자. 말다툼하다가 서로 상처되는 말들을 내뱉어놓고도, 내가 받은 상처보다 상대가 더 아파할 걸 먼저 생각하는 지금처럼, 서로를 사랑하자. 각자의 위치에서 자신이 맡은 역할에 최선을 다하며 포기하지 말고 안고 가자. 힘들면 힘들다고, 행복하면 행복하다고 서로에게 가장 먼저 이야기할 수 있는 사람이 되자. 내가 언제든 안아줄게. 그렇게 우리 두 사람만큼은 오래오래 영원을 약속하자. 다들 영원한 건 없다 말해도 우리가 만나 사랑하게 된 것처럼 또 한 번의 기적을 보여주자. 서로 잡은 손을 놓지 말고 같이 가자. 가끔 미운 순간이 와도 같이 있는 게 훨씬 좋잖아. 그러니 우리는, 우리만큼은 헤어지지 말자.

그러니 우리는,
우리만큼은
헤어지지 말자.

말랑말랑

사랑하는 사람의 볼을 만지는 것을 아주 좋아해.

찹쌀떡도 아닌 게 마시멜로도 아닌 게

어쩜 이렇게 부드럽고 말랑말랑한지.

만질 때마다 웃으며 늘 당신에게 하는 말을 또 건넨다.

당신의 볼은 아주 사랑스러운 말랑말랑 보물이라고.

늘 사랑을 확인받고 싶어 하는 너에게

우리, 사람에게 덴 상처 때문에 상처받지 않으려 일단 가시부터 세우는 고슴도치와도 같다. 내게 상처로 돌아올까 지레 겁부터 먹어 지키지도 못할 약속이나 쉬운 말들을 내뱉지 않는다. 그게 더 마음이 놓이지만 한편으론 쓸쓸해서. 버려지고 사라질까 불안한 마음은 갈대처럼 바람 잘 날이 없다.

나는 그럴 때마다 되레 우뚝 서려 몸에 힘을 주고 부러 당신의 호수에 단단한 말을 던진다. 당신은 알까. 나의 단단한 말들이 무겁게 쌓여 당신의 호수가 넘쳤으면 하는 마음을. 내가 이만큼 사랑하고 있노라고. 늘 알려주고 싶다. 당신은 알까. 불안해하지 않아도 된다는 걸. 내 사랑은 확신을 넘어선 단단함이라고. 늘 알려주고 싶다.

✳

당신은 알까.

불안해하지 않아도 된다는 걸.

내 사랑은 확신을 넘어선

단단함이라는 걸.

당신에게 말할 수 없는 힘든 일이 생긴다면
아마 나는, 당신 보고 떠나라고 할지도 몰라.

하지만 이기적이게도, 당신이 힘들어한다면
무슨 수를 써서라도 함께이려 하겠지.
사랑이 그래.

나는 괜찮은데, 당신 힘든 건 보기 싫거든.
아니, 당신을 힘들게 하는 내 모습이 싫어.
사랑하니까.

단어 고르기

사랑하는 이에게 말을 건넬 때 단어를 고르는 것은 굉장히 중요하다. 단어의 미묘한 차이와 목소리의 높낮이로 인해, 내 생각과는 다르게 전달될 수 있다는 것을 우리는 항상 인지하고 있어야 한다. 뜻이 변질되지 않고 나의 진심을 있는 그대로 전달하려면, 단어를 고르고 문장을 단정히 가꾼 후 온몸으로 말해야 한다. 마치 첫 데이트를 위해 머리부터 발끝까지 단장하듯, 옷을 골라 거울 앞에 서듯, 말도 가꿔야 한다.

우리는 늘 예외 속에서 살아간다.

그 수많은 예외를 뚫고도 당신을 만나 사랑하게 된 것.

기적이 아니고서야 말이 되지 않는다.

예외와 예외가 만난 또 다른 예외, 기적.

사랑하는 당신이 힘들지 않았으면 좋겠어.

미련맞아 보일 수도 있지만

"내 남은 행복을 다 줘도 좋으니

이 사람만큼은 힘들지 않게 해주세요."라고

어딘가에 있을 신께 빌었어.

이런 사랑은 처음이라

당신에게 뭐라도 해주고 싶은 마음만 가득해.

한숨 쉬다가도 나를 보며 애써 웃는 당신에게,

꽉 껴안으며 괜찮다는 말밖에 해주지 못해서

미안하고 또 미안하고 사랑해.

자랑하고 싶다

사랑을 하면 자랑하고 싶어진다.
내가 이 사람에게 이렇게 가득
사랑받고 있다는 걸 알리고 싶다.
나, 정말 행복하다고.
좋은 사람을 만나,
마땅한 사랑을 받고 있노라고.

※

"좋은 사람을 만나
마땅한 사랑을 받고 있노라고."

특별한 데이트

사랑하는 이와 종종 하는 데이트가 있어요. 바로 '과거 흔적 찾기 데이트'예요. 저는 이 데이트를 아주 좋아해요. 어릴 적 다녔던 학교에 가서 괜히 운동장에 함께 서보기도 하고, 학교 앞 문구점에서 불량식품을 사 먹거나, 과거에 살았던 동네를 같이 걷거나 자전거를 타고 한 바퀴 돌기도 하죠. 예전과 다르게 많은 것들이 작아 보여요. 아직 남아 있는, 이미 사라져버린 것들을 헤아려보며 흘린 기억들을 다시 줍는 시간이기에 기분이 묘하면서도 뭉클해요. "나 어릴 때 여기 살았어."라며 서로의 과거를 공유하고 흔적을 찾아요. 내가 당신 곁에 없던 그 시간에 당신은 이런 모습이었겠구나 싶은 귀여운 마음에 포슬포슬 웃음이 나오기도 했죠. 서로가 없었던 공간의 시간을 함께 나누면서 우리 사이는 더더욱 돈독해지고 있어요. 당신과의 새로운 추억도 하나씩 늘어가요.

네가 나를 부를 때

관계가 깊어질수록 호칭은 바로 해야 한다. '야, 너, 지'라는 말은 절대 애칭이 아니다. 상대를 하대해서 부르는 명칭이다. 특히 다툴 때, 어떻게든 서로에게 상처 주려는 듯한 말로 들린다. 사랑받고 싶다면 사랑스럽게 행동하는 게 중요하다. 별거 아니라고 생각했던 사소한 호칭부터 바꾸면 사이가 더 돈독해짐을 느낄 것이다. 사랑하는 사람에게 '야, 너'가 웬 말인가. '누구 엄마, 누구 아빠' 또한 서로를 부르는 호칭이지 애칭이 될 수 없다. 사랑한다면 사랑하는 이를 이름이나 애칭으로 불러주는 것이 서로의 관계를 더 돈독하게 만든다.

아무 말 않고

나를 빈틈없이 꽉 안아주세요. 너무 소중해 부서질까 아끼는 거 말고. 지금 이 순간은 부서져도 좋으니 머리카락 한 올까지, 아낌없이 나를 안아주세요. 숨이 막혀도 좋아요. 이렇게 안겨 당신을 만지고 싶었어요. 당장 볼 수 없어, 보고 싶다는 말이 슬프다는 걸 이제는 알아요. 너무 그리웠어요. 나를 사랑한다고 말해주세요. 내가 가득 찰 수 있게, 나를 사랑한다고 말해주세요.

도망가자

"내가 도망가자고 하면 나와 함께 가줄 수 있어?"

뜬금없는 내 물음에 그는 생각하는 듯 한참 동안 말이 없
었다. 그러다 겨우 입을 뗀 그가 말했다. "당신과 함께라면
진지하게 생각해볼 것 같아." 그의 대답을 듣고 내가 말했
다. "전에 내가 당신에게 바다 보고 싶다고 했더니 당신이
당장이라도 가자고 했잖아. 그때 그 말이 같이 도망가자는
말이었어." 내 말을 들은 그는 한참 동안 말이 없다, 대뜸
말을 꺼냈다. "다음 달에 가까운 곳에라도 여행 다녀오자."
나는 그 말이 '언제든 당신이 원하면 당신과 함께 갈게. 사
랑하니까'라고 들렸다.

그는 내 앞에선 가진 것을 모두 내려놓고 나를 마주한다.
그럼 나도 다 벗은 채로 그를 마주한다. 우리는 아무것도

걸치지 않은 채로 온전한 본연의 모습으로 돌아가 서로에게 집중한다. 나의 흉터, 그의 흉터 따윈 아무 상관 없다. 보이지 않는 상처마저도 조심스럽게 대하는 서로가 감사해서, 그에게 말했다.

"당신이 도망가고 싶다고 하면 언제든 함께 손잡고 떠날게. 난 늘 당신 곁에 있을 거야. 사랑하니까."

별을 그리는 사람

아마 너는 밤하늘에 수놓아진 별을 그리는 사람일 거야.
푸르스름한 새벽이 지나 해가 뜨면 잠깐 사라지는, 가끔은
너무 예쁘게 그려서 낮에도 볼 수 있는 그런 별을 그리는
사람일 거야. 그러지 않고서야 이렇게 크게 빛나지 않을
테지.

한때는 네가 태양인 줄 알았는데 차가운 네 손을 잡고 나
서야 알았어. 까만 밤에 별을 그리느라 손이 차가운 거야.
가끔 밤에 높은 곳에 올라가면 하늘에 네가 그린 별과 바
닥에 뿌려진 별들이 함께 반짝여. 그 순간이 아주 예뻐서
가끔은 눈물이 날 것 같아.

언젠가 내 별빛 색이 바래면 다시 숨을 불어넣어주러 온
네 손을 꼭 잡고 온기를 나눠주고 싶어. 너는 알까, 네가 그

린 수많은 별들보다 내게 별을 건네주던 그 순간에 네 눈이 더 반짝인다는 걸. 사람들은 알까, 별을 그리는 네 손이 차갑다는 걸.

아홉과 열 사이

아홉은 신의 수이자 완전수인 열에 가장 가까운 미완의 숫자라 불완전을 뜻한다. 그래서 난 우리가 딱 오늘까지만 불완전했으면 좋겠어. 하지만 앞으로도 우린 아홉을 계속 마주할 거고 더 많은 상황들을 이겨나가야겠지. 늘 마냥 괜찮다고 할 수만은 없을 거야. 그래도 함께 있지 못한 것보단 나을 거야. 항상 행복할 수만은 없을 거야. 그래도 끝엔 늘 행복할 수 있도록, 내가 너를 세상에서 가장 사랑받는 사람으로 만들게.

✳

"늘 마냥 괜찮다고

할 수만은 없을 거야.

그래도 함께 있지 못한 것보단

나을 거야."

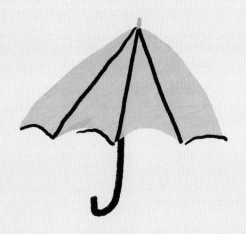

우리가 새벽을 함께 보내는 방법

우리가 함께하는 밤이면 그는 아래층에서 조용히 글을 쓴다. 세상 사람들 가슴에 넣어줄 별을 그리기 위해. 그럼, 나는 위층에서 조용히 노래를 튼다. 그때그때 다른 노래를, 우리만의 공간에서 우리만의 DJ가 되어 서로가 서로의 뮤즈가 된다. 잔잔한 노래를 그와 함께 듣는다. 노랠 들으며 흥얼거리다 사랑한다는 목소리를 주고받는다. 우리가 새벽을 함께 보내는 방법은 이토록 특별하다.

영원

영원한 건 없다고 말하는 사람들은,
영원할 거라고 간절하게
믿고 바라던 대상이 사라져서는 아닐까.

하지만 나는 여전히
영원한 게 있다고 간절히 믿어.
눈으로 볼 수도,
손으로 만질 수도 없지만
우리 사랑도 그러리라 믿어.

귤 반쪽의 사랑

귤 하나를 함께 먹더라도

그 안에 사랑이 담겨져 있음을 깨닫는다.

귤 하나를 반으로 나누어,

더 큰 쪽을 서슴없이 당신 입에 넣어줄 수 있는 것.

이게 사랑이 아니면 무엇이겠는가.

사랑이 눈에 보이던 순간

나는 기억도 못 하는 말들이 당신 가슴에는 가시 박힌 듯 늘 걸렸나 보다. 답답해하는 나를 위해 당신은 짐 싸서 여행 가자는, 머지않은 미래를 가득 약속한다. 뻔히 바쁜 걸 다 아는데 내 말 한마디에 당신은 많은 걸 바꾼다. 그럴 때마다 당신에게서 아빠가 보인다. 내 말 한마디에 귤을 사오시던, 부침개를 해주시던 아빠가. 말로 그려진 약속, 그 안의 모든 것들이 나를 사랑한다는 표현인 걸 알기에. 밀려오는 이 뭉클함을 걷잡을 수가 없다.

사랑하면 닮는 이유

연인과 지난 연애에 대한 이야기를 하던 도중 새삼 대단하다고 느낀 부분이 있어요. 그는 좋지 않았던 지난 인연이라도 항상 '그분'이라는 존칭을 사용해요. 흔한 흉도 한마디 보지 않고 말을 아끼죠. 헤어졌어도 서로 만나 사랑했던 사이니, 끝까지 예의를 지키는 그의 모습을 보고 그가 더 좋아졌어요.

저도 그런 사람이 되고 싶어서 그의 모습을 흉내 내요. 사랑하면 닮는다는 말, 사랑하는 이의 모습이 좋아서, 닮고 싶어서 흉내 내다 보니 그런 게 아닐까 싶어요. 그를 닮고 싶어요. 그와 같은 모습이 제게 많아졌으면 좋겠어요. 변화된 저의 모습이 아주 만족스러울 테니까요.

"사랑하면 닮는다는 말,

진짜인가 봐."

사랑은 둘이 하는 것

우리는 서로 결혼 생각이 없었어요. 그와 처음 만났을 때 두 사람 다 사람과 사랑에 지친 상태였기에 그저 오래오래 사랑하는 사이가 되기를 바랐어요. 이제는 그와 함께라면 자연스레 우리의 미래가 그려져요. 평생 이대로여도 좋아요. 누군가는 우리에게 책임을 회피한다며 손가락질할지도 몰라요. 우울한 어느 날엔 모진 말을 들어 잠시 흔들릴 수도 있겠지만 사랑하는 마음과 서로 간의 신뢰가 있기에 괜찮을 거라 믿어요. 각자의 두려움과 상처들이 뒤덮여 있는 마음을 굳이 들춰서 또다시 아프게 하고 싶지 않아요. 그도 나도 서로를 존중하며 충분한 대화를 나눴으니까요. 앞으로도 우리는 많은 대화를 나누며 나아갈 거예요. 사랑은 둘이 하는 거지 제삼자와 하는 게 아니니까요.

언젠가 그가 그런 말을 한 적이 있어요. 저와의 사계절을 한 번 더 맞이하고 싶다고. 그 말이 저는 이렇게 들렸어요. "당신 없는 내일은 그려지지 않아. 내 미래를 떠올렸을 때 늘 당신이 함께 있더라. 그러니 나와 계속 함께해줘. 당신과 언제까지나 함께이고 싶어." 표현에 서툰 그가 한 글자 한 글자 애써 진심을 담아 얘기하는데 얼마나 사랑스러웠는지 몰라요.

꼭 숨은 보물찾기 같아요, 보물찾기. 저는 술래고 그가 숨겨놓은 보물들을 찾아요. 애정 표현, 사랑, 행복, 좋은 건 그 속에 다 숨어 있어요. 무심코 지나갈 만한 모든 것들을 그가 특별하게 만들어줬어요. 종종 술래를 바꿔서 서로 여기저기 보물을 숨겨놓고 또 찾고. 저는 그와 나눌 수 있는 이런 특별한 일상이 좋아요. 꼭 결혼하지 않아도, 우리를 묶어놓지 않아도 우리는 자유롭게 지금처럼 사랑할 테니까요. 언젠가 시간이 지나 서로가 변할지도 모르지만 그런 건 지금 생각하고 싶지 않아요. 그저 지금처럼만 우리 사이가, 사랑이 지속되어 영원하길 소망해요.

마땅한 사랑을 너에게 줄게

물고기는 깊은 물속에서 헤엄쳐야 하고 새는 드넓은 하늘을 날아야 한다. 사람도 그렇다. 사람이라면 마땅히 사랑하고 사랑받아야 한다.

죽을 만큼 미워하고 이별의 아픔에 처절하게 데어도 우리는 결국 또 사랑하고야 만다. 온갖 상처로 뒤덮여 모두를 경계하고 의심해도 결국엔 사람으로 치유된다. 반대로 이야기하면 사람에게 상처받은 것일 테지.

인간은 나약하지만 강하기에, 결국 상처받을지라도, 오늘만 생각한다 외쳐도, 내일을 바라보고 사랑을 한다. 우리는 결국 또 사랑을 하고야 만다.

"우리는 결국 또
사랑을 하고야만다."

에필로그

책에 넣을 긴 글자들을 쓰기 위해 내 삶을 되돌아 걷다 보면, 어느 날은 사무치게 그리웠고 또 어느 날은 뼈저리게 괴로웠다. 그렇게 글을 쓰고 나면 후유증을 지독하게 앓아 몇 날 며칠이고 단어 하나조차 쓰지 못할 때도 있었다. 대부분 내 경험과 실화를 바탕으로 글을 쓰려고 하다 보니 더 그랬는지도 모른다. 어쩌면 이 글은 내가 좀 더 살기 좋은 세상을 위해, 나를 믿고 응원해주던 모든 분들과 사랑하는 이들에게 사랑한다 말하고 싶었던 기나긴 편지일지도 모른다.

완성된 책을 돌아보며 나는 나라는 작가를 표현할 때면 행복과 불행을 파는 사람이라 일컫고 싶다. 여전히 모순덩어리인 나는 작은 것에 동화되어 금방 울고 웃으며 다음 작품을 준비하고 있다. 이번 책은 불행을 많이 담았으니 미처 적지 못한 글과 행복을 다음 책에는 많이 쓸 예정이다. 정작 하고 싶은 말이 너무 많은데 적지 못하고 다른 글을 적는다. 연예인들의 수상 소감이 이런 기분일까 엉뚱한 생각도 해보게 된다. 조만간 정리하기 위해 먼 거리는 아니어도 여행을 다녀오고 싶다. 가서 많은 것들을 찾고 또 두고 올 수 있게.

이 책이 탄생하기까지 너무나도 많은 분들에게 위로와 용기, 그리고 사랑을 받았다. 인스타그램으로 첫 정식 연재를 시작하며 아무것도 없는 내게 늘 힘이 되어주신 독자분들 모두. 내가 뭐라고 이렇게까지 좋은 말씀들을 해주시나 싶어서 감동받아 울기도 웃기도 했다. 일면식도 없지만 그들은 내게 선물이었다. 서로의 고민을 같이 나누고 힘이 돼주고 응원을 하며 서로를 다독거려주는 그런 사이. 처음으로 메시지를 보내거나 댓글을 달아본다며 어렸던 그때의 자신과 나를 위로를 해주는 독자분들을 보며 많은 것을 깨닫고 또 배우게 됐다. '작가와 독자는 서로가 서로를 위로해준다'는 친한 작가님이 해주신 말이 맞았다. 내가 더 많은 글들을 쓰고 싶고 쓰게 된 건 다 그들 덕분이다.

한 독자분이 달아주신 댓글이 있었다. "작가님은 진짜 모르실 거예요. 이 짧은 글들이 힘든 마음을 얼마나 달래주는지, 얼마큼의 위로를 받는지. 몰래 저를 들여다보고 오직 나만을 위한 글을 써준 듯한 기분이에요. 말로 설명하지 못할 만큼의 위로를 받고 가요." 지금처럼 단 한 사람이라도 내 글을 읽고 위로받는다면 나는 앞으로도 계속 글을 쓸 것이다. 메마른 사막이었던 내게 당신들의 응원과 위로는 단비와 오아시스, 그리고 바다가 됐다. 허허벌판이었던 내 삶에서 이제는 여러 생명과 나무가 자란다.

언젠가는 독자분들과 만나 술 한잔 기울이며 울고 웃는 시간을 가지고 싶다. 당신을 있는 힘껏 안아줄 테니 언제든 내게 안겨 울어도 좋다고, 울러만 와도 좋으니, 나는 당신 옆에서 함께 울 것이다. 고맙고 사랑한다는 말이 거짓이 아님을, 한 사람 한 사람 손잡고 말해주고 싶다.

마지막으로 사랑하는 친구들, 너희가 없었더라면 나는 이 책을 내지 못했을 거야. 우울감에 시달려 흔들리는 내게 끊임없이 용기를 북돋아줌에 감사해. 우리 조만간 바다 보러 가자. 가서 술 진탕 마시고 털고 오기로 해.

그리고 내가 사랑하는 가족과 우리 아빠, 언젠가 아빠에게

이 책이 닿는다면 나는 용서받을 수 있을까. 그러지 못한 대도 좋으니 나는 지금도 "아빠 술친구 해줘."라는 말을 듣고 싶어.

사랑하는 나의 사람아. 책을 쓰는 동안 힘들어하는 내 곁을 계속 지켜줘서 고마워. 나는 해준 게 아무것도 없는 것만 같아 늘 미안해. 앞으로 그 미안한 마음들을 갚을 수 있게 내가 조금 더 나은 사람이 될게. 늘 고맙고 미안하고 사랑해. 당신은 내 로맨스야.

집에 있는데도 집에 가고 싶어

초판 1쇄 발행 2020년 6월 10일
초판 8쇄 발행 2021년 6월 4일

지은이 권라빈
그림 정오

편집인 이기웅
책임편집 곽세라
편집 안희주, 주소림, 양수인, 김혜영, 한의진
디자인 MALLYBOOK 최윤선, 정효진
책임마케팅 정재훈, 김서연, 김도연, 김예진
마케팅 유인철
경영지원 김희애, 최선화
제작 제이오

펴낸이 유귀선
펴낸곳 ㈜바이포엠
출판등록 제2020-000145호(2020년 6월 9일)
주소 서울시 강남구 테헤란로 332, 에이치제이타워 20층
이메일 odr@studioodr.com

ISBN 979-11-970230-1-9 (03810)

스튜디오오드리는 ㈜바이포엠의 출판브랜드입니다.